고양이, 내 삶의 마법

Cat, The Magic of My Life

고양이, 내 삶의 마법

Cat, The Magic of My Life

크리스티나 마키바 글·사진 | 김은영 옮김

야옹서가

Привет, любимый читатель!
В этой книге ты увидишь
много фотографий моего рыжего
кота котлеты. Я очень надеюсь,
что каждая фотография подарит
тебе много тепла, красоты и
улыбок.
Люби красоту вокруг!

Кристина Макеева

안녕, 여러분!

내 붉은 고양이 커틀릿의 다채로운 사진을 이 책에 가득 담았어요.
사진 하나하나에 스민 고양이의 따스함과 아름다움이,
언제나 우릴 웃게 만드는 고양이의 매력이
여러분께 닿기를 진심으로 바랍니다.
당신 곁에 항상 존재하는 아름다움을 사랑하시길!

크리스티나 마키바

프롤로그

반가워요, 러시아 모스크바에서 온 사진작가 크리스티나 마키바라고 합니다. 어렸을 때부터 나는 꿈꾸는 사람이었어요. 요정, 공주, 유니콘, 그리고 수많은 동화 속 캐릭터에 둘러싸인 내 모습을 상상하는 걸 즐겼죠. 지금도 여전히 판타지 책 읽는 걸 정말 좋아해요. 열네 살 때부터 포토샵을 공부한 것도 동화의 매력을 표현해보고 싶어서였고요. 그건 현실을 바라보는 나만의 방식이자, 평범한 일상세계를 아름다운 동화로 바꾸는 작업이었어요. 열여섯 살에 첫 카메라를 갖게 된 뒤로는 사진을 단 한 장이라도 찍지 않고 보낸 날이 없었답니다.

　본격적으로 창의력을 발휘해 사진 작업을 시작한 첫해, 내 모든 사진을 하나로 묶는 'Simple Magic Things' 프로젝트를 창안했어요. 이 프로젝트의 목표는 사람들이 일상생활 속에서 아름다움을 볼 수 있게 돕는 거예요. 조명, 눈, 비, 등불, 이슬방울, 컵에서 피어오르는 하얀 김, 이 모든 것은 마법이 될 수 있어요. 사람들은 누구나 직접 볼 수 있는 수많은 마법에 둘러싸여 있으니까요.

　내 사진 중 크리스마스와 새해 장식으로 가득한 모스크바의 겨울 풍경이나, 세계의 다채로운 풍경과 건축물을 배경으로 촬영한 <드레스를 입은 소녀> 시리즈를 이미 본 사람도 있을 거예요. 특히 <드레스를 입은 소녀> 시리즈 중 다섯 점은 2018년 서울미술관 기획전 《디어 마이 웨딩드레스(Dear My Wedding Dress)》에 전시되기도 했지요. 하지만 이번 책은 사랑하는 내 고양이 커틀릿의 사진집이랍니다.

　나의 부모님은 동물을 무척 좋아하는 분이었어요. 어렸을 때 우리 집엔 항상 고양이와 개, 앵무새들과 물고기들이 있었지요. 내 긍정적인 성품 중 대부분은 사람과 동물 모두에게 친절하고 세심했던 부모님에게 물려받았어요. 하지만 독립한 뒤 남편과 내가 4년간 살았던 임대아파트 주인은 반려동물을 못 키우게 하는 사람이었죠. 키울 수 있었던 유일한 생물은 수족관 물고기뿐이었어요.

　드디어 우리만의 아파트를 구해 이사한 날, 남편과 나는 고양이를 키우기로 굳게 결심했답니다. 그 무렵 나는 모스크바에서 매년 열리는 고양이 전람회인 '엑스포 캣'에서 고양이를 촬영하고 있었어요. 그리고 바로 여기서 '그'를 보았죠. 아니, 커틀릿은 아니었고요. 그의 형인 드미트리 아나톨리예비치(Dmitry Anatolyevich) 말이에요.

　전람회에 나온 고양이들은 종종 겁먹거나 피곤해하기 마련이죠. 하지만 캐나다 품종인 메인쿤의 이 붉은색 고양이는 위엄 있는 표정으로 주위를 둘러보더군요. 마치 주변 모든 이들에게 "나는 왕이다. 경배해라" 하고 말하는 것 같았죠. 그의 이름 역시 꽤나 제왕다웠어요. 드미트리 아나톨리예비치 메드베데프(*Dmitry Anatolyevich Medvedev*)는 당시 러시아 대통령 이름이었거든요.

그 고양이는 얼마나 아름다웠는지! 왕족 같은 외모, 듬직한 덩치, 푹신해 보이는 세련된 꼬리까지…. 그야말로 내가 꿈꾸던 고양이였어요. 아마 그 모든 감정은 내 얼굴에 고스란히 드러났을 거예요. 왜냐하면, 우리가 드미트리 아나톨리예비치의 반려인에게 다가갔을 때 그가 내뱉은 첫마디는 "아뇨. 우리는 얼마를 받든 이 고양이를 팔지 않을 겁니다!"였거든요.

여기서 남편의 사업가 기질이 빛을 발했죠. 그는 'Simple Magic Things' 프로젝트의 실질적인 구현자이자, 내 엉뚱한 생각을 항상 꿰뚫는 사람이거든요. 그의 좌우명은 "어떤 일이 불가능해 보이더라도, 반드시 시도는 해 봐야 한다"랍니다. 남편은 고양이의 반려인에게 설명했어요. "우리는 당신 고양이를 빼앗을 생각이 없어요. 그저 드미트리 아나톨리예비치를 꼭 닮은 새끼 고양이의 가족이 되고 싶을 뿐이죠."

남편은 연락처를 남기면서 "닮은 고양이가 태어나면 꼭 알려 달라"고 당부했어요. 몇 달 후에 전화가 왔죠. 드미트리 아나톨리예비치의 부모가 새끼를 단 한 마리만 낳았는데, 우리가 바라던 이상형과 딱 맞는 고양이라고요. 수컷이고, 덩치가 크고, 붉은 털에, 잘생겼고,

무엇보다도 그의 형과 매우 닮았다고 했어요. 그렇게 해서 우리 팀은 기꺼이 새 멤버를 맞이하게 되었죠.

커틀릿(Cutlet)이라는 이름은 남편이 지어줬어요. 커틀릿은 러시아 전통음식 이름이지만, 사실 우리가 의도한 건 전혀 다른 뜻이었어요. 원래 커틀릿의 이름은 '코틀레타(Kotleta)'예요. 러시아어로 고양이를 뜻하는 '코트(Kot)'와 여름을 뜻하는 '레타(leta)'를 조합한 이름인데, 그걸 영어식으로 해석하고 발음한 이름이 커틀릿이죠. 녀석은 여름이 시작되는 6월의 첫날 우리 집에 왔거든요. 무척 붉은 빛을 띠고 밝게 빛나면서 따스한, 마치 여름 같은 존재였어요. 그래요, 우린 '여름 고양이'를 가족으로 맞이한 거였죠.

우리 소유의 아파트로 이사하기 전에, 우리는 모스크바 중심지에 있는 아파트를 빌려 살았어요. 그 집은 항상 손님들로 북적거렸고 종종 그곳에서 사진을 찍곤 했지요. 하지만 새 아파트는 국경과 가까운 도시 외곽에 구할 수밖에 없었어요. 모스크바 중심지는 집값이 너무 비쌌거든요. 교외로 이사한 뒤로는 손님이 집에 오는 일도 뜸해졌어요. 우리 집까지 오는데 시간이 너무 오래 걸려서 여러 친구들이 불편해했고, 또 모델과 협상하는 것도 어려워져서 촬영도 줄어들었죠. 새 아파트에서 보낸 첫해는 너무 지루했어요.

때마침 우리에게 온 커틀릿은 삶의 기쁨이 되었고 사진 작업에도 새로운 영감을 줬어요. 녀석은 진정한 모델이었죠. 아름다운 외모와 눈빛으로 끊임없이 영감을 불어넣었고, 순식간에 내가 가장 좋아하는 모델이자 대부분의 사진에 등장하는 주인공이 되었으니까요.

커틀릿은 몇 분 정도는 꼼짝 않고 카메라 앞에 있을 수 있어요. 모자나 안경을 씌우더라도요. 나는 커틀릿이 모델의 재능을 물려받았다고 생각해요. 커틀릿의 할아버지 역시 러시아의 텔레비전 광고에 종종 출연하거든요.

촬영 도중 휴식 시간의 커틀릿은 여느 고양이와 다를 바 없어요. 많이 자고, 맛있는 걸 먹는 것과 놀기를 좋아하지만 금방 싫증을 내죠. 같은 품종의 다른 고양이들보다 덩치가 큰 건, 아마 외동으로 태어났기 때문일 거예요. 커틀릿은 왕족 고양이에 어울릴 만큼 듬직한 몸집이에요. 메인쿤 고양이의 평균 체중은 7~8kg이지만, 커틀릿은 10.5kg이거든요.

커틀릿은 손님들을 너무나 좋아해서 현관에 들어서는 모든 택배기사를 향해 달려가곤 해요. 쓰다듬어주는 걸 좋아하지만, 뒷목을 잡고 집어 드는 건 싫어하죠. 호기심 많은 고양이 족속답게, 커틀릿의 관심을 끄는 건 무척 쉬워요. 셀로판지를 바스락거리거나 "미야옹" 하고 몇 번 부르는 걸로도 충분하거든요. 그러면 커틀릿은 우리가 자기만 빼고 뭘 하는지 확인하러 달려오곤 해요.

사랑이 넘치는 커틀릿은 우리 부부가 잠자리에 눕는 시간을 정말 좋아해요. 즉시 우리 침대로 달려와서, 나와 남편 사이에 누워 침대 절반을 차지하려 하죠. 여기 있으면 아무런 방해 없이 한껏 사랑 받을 수 있다는 걸 잘 알거든요. 커틀릿이 우리 사이에 누우면, 우리는 네 개의 손을 모두 동원해서 부드럽게 쓰다듬어줘요. 그러면 커틀릿은 무척 큰 소리로 그릉그릉거리면서, 자기가 얼마나 기쁘고 행복한지 온몸으로 표현하죠. 침대는 커틀릿에게 '감정의 지표' 같은 곳이에요. 만약 기분이 상하면, 우리가 자러 가도 침대로 따라오질 않거든요. 물론 이런 상황은 무척 드물지만요.

커틀릿은 내 삶을 바꿔놓았어요. 녀석의 팬들이 급격히 늘어났고, 러시아 TV 채널을 통해 영화 제작자가 집에 찾아오기 시작했죠. 여러 언론과 디지털 매체에서도 인터뷰를 요청해왔어요. 지금의 내 인기와 명성, 영광은 분명히 커틀릿의 사진에서 시작되었다고 해도 과언은 아닐 거예요.

돌이켜보면 난 정말 운이 좋았어요. 매일 좋아하는 일을 할 수 있도록 응원하고 도와주는 사랑스러운 가족, 믿음직한 팀을 만난 덕에 더없이 행복하니까요. 어쨌든 우리가 영원한 삶을 원하는 것도, 그것을 공유할 누군가가 있기 때문 아닐까요?

2019년 7월, 크리스티나 마키바

Prologue

Hello. My name is Kristina Makeeva, and I am a photographer from Moscow, Russia. I was a dreamer in my childhood. I liked to imagine myself inside a fairy tale, surrounded by fairies, princesses, unicorns and other magical creatures, and I have always loved reading books in the genre of fantasy. Perhaps it was this fascination with fairy tales that prompted me to study the graphics editor, Photoshop, when I was 14 years old. This was my way of embellishing reality, turning the everyday world into a beautiful fairytale. I took various pictures and made beautiful collages from them. I was 16 years old when I got my first camera, and since then, not a day has passed that I haven't taken a photograph.

From the very first years of my creativity, I had a common theme combining my pictures: 'Simple Magic Things'. The main aim of the project was to help people see the beauty in their everyday world. The main slogan of the project is: Bengal lights, snow, rain, lantern, dew drops, steam in a cup. Everything can become magical. Every person is surrounded by the magic he can see.

You saw earlier my photos depicting Winter Moscow, decorated for Christmas and New Year, and beautiful girls in dresses in the background of various landscapes and architecture. Five photos from this series participated in the exhibition *Dear my wedding dress*, held in the Seoul Museum. But this book will be fully devoted to the photos of my beloved cat, Cutlet.

My parents are very fond of animals, and as a child, I always had cats, dogs, small parrots, and aquarium fish in my house. Many of my most positive qualities were instilled in me by my kind and caring parents. But, having moved from my parents' house, my husband and I lived in rented apartments for the first four years, and the owners were against pets. The only thing I could have was aquarium fish.

Now, we have moved to our own apartment, my husband and I decided very firmly to have a cat. I photographed at Expo Cat, the annual cat show held in Moscow. And there we saw HIM! No, not Cutlet, but his elder brother, Dmitry Anatolyevich.

All cats are either frightened or tired at exhibitions. But this large red cat, of the Canadian breed Maine Coon, looked around with a wonderfully majestic look. It seemed that he was telling everyone "I am your King, worship me." His name was also very regal. Dmitry Anatolyevich Medvedev was President of Russia at that time.

How beautiful was this cat. His regal look, huge size, elegant fluffy tail... he was the cat of my dreams. These emotions were probably all written across my face, since the first words of the owners of Dmitry Anatolyevich, when we approached them, were "No. We will not sell this cat for any money!"

Here, my husband got down to business. He is the main implementer of our team of Simple Magic Things Seekers. My husband always fulfils my crazy ideas. His main saying is, "If something is impossible to do, you should try to do it." My husband explained to the owners that we did not want to take the cat from them, that we needed a small kitten-a clone of Dmitry Anatolyevich!

We left our contact details and asked them to let us know when a similar kitten appeared. A few months later, we received a call from the owners to say that the parents of Dmitry Anatolyevich had given birth to a single kitten and that it suited fully our requirements.

He was male, red, large and handsome, and very much like his big brother. And so our team delightedly took on a brand new member.

The cat's name was invented by my husband. "Cutlet." Cutlet is a dish of Russian cuisine, but we intended something different entirely. Korean people will easily understand this. Imagine that the word "Cutlet" consists of two hieroglyphs: "Cat" and "Summer". Together they form "Summer Cat". Firstly, the kitten arrived at our house at the very beginning of summer, in the first days of June, and second, he's very red, and it's sunny and warm!

Before moving to our own apartment, we rented an apartment in the center of Moscow. There were always a lot of guests, and I often took pictures at home. Our own apartment was on the outskirts of the city, close to the border. Apartments in the center of Moscow are very expensive to buy. Sadly, the number of visiting guests decreased greatly after we moved to the outskirts. Many friends felt uncomfortable, and longed to get to our area, but it became more and more difficult for me to negotiate our new location with models, and the number of photoshoots reduced. I was bored in my new apartment within the first year.

Cutlet brought not only joy into my life, but also new inspiration into my work. The cat turned out to be a true model. The combination of his beautiful appearance and obedience inspired me, and Cutlet quickly became my favorite model and the main character of most of my photos.

He could freeze in front of the camera, motionless, for a whole minute. Even if I put a hat, or glasses on him. I suspect this talent was his inheritance. Grandpa Cutlet often starred in commercials for Russian television. In the intervals between photoshoots, Cutlet behaves just like an ordinary cat. He sleeps a lot, loves to eat delicious food, and plays (although not for long). Cutlet is larger than the average cat of his breed, probably influenced by the fact that he was born the single kitten in the litter. And of course he is plump, as befits a regal cat. With an average weight for Maine Coon cats of 7~8kg, Cutlet weighs in at a rather heavier 10.5kg.

Cutlet loves guests very much, and runs to meet every courier at the front door. He likes to be stroked but does not like to be picked up. He is curious, and it's very easy to get his attention. It is enough to rustle cellophane or just say "moore" several times, and Cutlet runs to check what we are doing without him!

Cutlet is very affectionate, and his favorite time of the day is when we go to sleep. He immediately comes running to our bed, taking up half of it, and is always trying to lie between me and my husband. Cutlet knows for sure that it is in this place he will get the greatest affection. My husband and I stroke him with our combined four hands when the cat lies between us. In this position, being stroked, Cutlet purrs very loudly and his whole demeanor shows just how pleased he is. By the way, bed is Cutlet's main "indicator of mood". If he is offended about something, he does not come to bed when we go to sleep. But this happens very rarely.

My life has changed now. Cutlet's fan base grew rapidly, and film crews arrived at my home from Russian TV channels, and numerous print and digital publications sent questions for interviews. My popularity, fame and glory began precisely with the pictures of Cutlet.

I have been very lucky in life. I am incredibly happy to have found my beloved family, my faithful team, who inspire me and help me do my favorite things every day. After all, why do we need Eternity if we do not share it with anyone?

In July 2019, Kristina Makeeva

너와 내가 마주볼 때

안녕, 커틀릿을 소개할게요. 나의 아름다운 고양이, 따스한 행복, 붉은 머리의 조그만 야수. 커틀릿은 거리에서 일어나는 모든 일을 집중해서 보는 걸 정말 좋아해요. 녀석의 아지트 중 한 곳은 아파트 바깥과 집 안이 한눈에 보이는, 넓은 창턱이 있는 큰 창이죠. 거리를 지나가는 자동차와 사람들, 날아가는 새들을 보는 커틀릿의 반응은 정말 재미있어요. 때때로 뭔가에 깜짝 놀라 잽싸게 창턱을 뛰쳐나오거든요.

그날은 평소와 다름없는 어느 평일 저녁이었어요. 차를 마시려고 하던 일을 잠시 멈췄지요. 창 앞을 지나치다 아름다운 저녁노을을 보니, 커틀릿과 함께 있고 싶지 뭐예요. 차를 따르고 창턱에 있는 커틀릿 곁에 앉자, 녀석은 내가 온 걸 알아채지 못한 것처럼 굴더군요. 눈빛으로는 '무슨 일인데? 놀자는거야, 아니면 내가 뭘 잘못했어?'라고 물으면서도 말이죠. 커틀릿의 머리와 등을 쓰다듬어 주었지만, 돌아온 건 불만스러운 "야옹" 소리뿐이었어요.

"왜 그래, 커틀릿? 나랑 놀고 싶지 않아?"

내가 말을 건네자, 마침내 커틀릿은 관심을 보이며 돌아앉았어요. 우아하고 푹신한 꼬리를 꺼내고 내 눈을 똑바로 바라보면서요.

순간, 커틀릿이 뭔가 말하려는 듯했어요. 의심할 바 없이 몹시 중요한 것, 보거나 들을 수 없는 매우 비밀스럽고 범접하기 힘든 것, 오직 특별한 육감으로만 느낄 수 있는 무언가를. 나는 이 우주의 비밀을 이해하고 느끼기 위해 얼어붙은 듯 가만히 있었어요. 우리는 서로 눈을 마주보았죠. 아마도 잠시, 어쩌면 영원이었을지도 모를 순간. 시간이 멈추고, 우주도 우리가 나누는 무언의 대화에 관심을 보이며 회전을 멈춘 듯했어요.

고대 이집트인은 의도적으로 고양이를 신격화했을 거예요. 비록 고양이는 신이 아니지만, 분명 인간보다는 신에 훨씬 더 가까운 존재니까요.

귀여운 훼방꾼

커틀릿이 날 도우러 온 것 같다고요? 천만에요. 녀석이 예고도 없이 내가 앉은 의자 등받이 쪽으로 뛰어올랐을 때, 나는 컴퓨터를 붙잡고 일에 빠져 있었어요. 커틀릿은 미동도 없이 가만히 자리 잡았지요. 내 등이 잔뜩 긴장한 건, 꼭 불편한 자세 때문만은 아니에요. 커틀릿이 온 걸 알지 못한 척 계속 일하면서 다음 행동을 기다리느라 그런 거니까요.

커틀릿은 꽤 오랫동안 등 뒤에서 점잖게, 그러나 집요하게 나를 의자에서 밀어내려 했어요. 나와 놀 때면 절대 발톱을 꺼내지 않지만, 권투선수도 아니면서 솜방망이에 제법 힘이 실렸거든요.

모른 척 버티면서 일하고 있으니 이 녀석, 전략을 바꾸더라고요. 의자에서 내려와 심술궂게 굴기 시작했죠. 벽지를 긁지 않나, 식탁을 정복하고 앉아서 크게 울지를 않나. 이 모든 게 금지된 장난이란 걸 잘 알면서도, 관심을 끌려고 일부러 저러는 거예요.

인내심이 바닥난 나는 버티기를 포기하고, 벌떡 일어나 "커틀 릿!" 외치며 부엌으로 달려갔어요. 기분이 좋아진 커틀릿은 식탁에서 뛰어내려 달아났고요. 하지만 녀석은 항상 주변을 둘러보면서 내가 가까이 다가오게 유도하고, 결국 함께 놀면서 무척 즐거워해요.

짧은 술래잡기 놀이 끝에 커틀릿을 따라잡아 꼭 안아줬어요. 그러고는 여기저기 주물럭거리면서 어루만졌지요. 커틀릿은 큰 소리로 그릉거리면서 얼마나 즐거운지 온몸으로 표현하더군요. 물론 조금 시간이 흐르니 품에서 벗어나고 싶어 해서 놀이도 끝났지만요.

아파트에서 펼쳐지는 15분간의 술래잡기 놀이는 긴 애정공세로 끝나곤 해요. 커틀릿은 나를 일에서 해방시켜준 게 기쁜가 봐요. 그건 나도 마찬가지죠 뭐. 놀자며 조르는 커틀릿을 뿌리치기란 정말 힘든 일이에요. 커틀릿도 그걸 잘 알죠. 게다가 녀석은 변덕스럽지도 않고 까다로운 고양이도 아니거든요. 그러니까 커틀릿이 언제나 옳아요!

...корыстная вапоглощающая
...бовь! Котик это чувствует.

♡   ♡   ♡

Остиннах TV→...

...ня 2й.

...ортучки.
...н бат !
...туре, sms, Vk, Facebook, iMessage и т.g.

사랑하면 닮는 법

어떤 고양이든 가장 좋아하는 곳은 식탁일 거예요. 흥미롭고 맛있는 것을 발견할 수 있으니까요. 커틀릿도 예외는 아니에요. 맛있는 음식을 놓아두면 슬쩍해 가거나, 테이블에 둔 사탕을 바닥에 떨어뜨리고 온 아파트를 휘저으며 오랫동안 드리블을 하죠.

하지만 이번에는 특별히 사진을 찍기 위해 커틀릿의 관심을 식탁 쪽으로 쏠리게 했어요. 러시아 전통 만두 요리인 펠메니(*pelmeni*)를 준비했지요. 그런데 커틀릿은 음식 냄새에 전혀 관심이 없더라고요. 그래서 꼼수를 좀 써야 했어요. 고양이 간식을 식탁 가장자리에 올려놓고 가만히 앉아 기다렸죠. 녀석이 오기까지 그리 오래 걸리진 않았어요.

커틀릿은 덩치가 무척 커서, 바닥에서 몸을 쭉 뻗으면 식탁에 닿는 건 식은 죽 먹기죠. 하지만 식탁 위를 살피려고 의자로 뛰어오르는 걸 더 좋아해요. 기대를 저버린 적 없는 커틀릿은, 이번 사진도 역

29

시 내가 원했던 장면 그대로 연출해줬어요. 이 사랑스러운 동그란 뺨, 조심스럽게 식탁에 올린 귀여운 앞발이라니. 이래서는 식탁에서 뭔가 훔쳐 간들 꾸짖을 수 없지 않겠어요? 그리고 이 사랑스러운 들창코 좀 보세요!

커틀릿이 간식을 깔끔하게 먹어 치우는 동안, 커틀릿의 자세를 흉내 내 봤어요. 고양이와 사람은 많이 다르죠. 하지만 그들에겐 끌리는 뭔가가 있어요. 고양이의 습성을 따라 움직이게 되고, 고양이가 없으면 삶이 지루해지고, 고양이를 만나면 기뻐지고, 그들이 하고 싶은 대로 두게 되고, 결국 사랑에 빠지고 말지요.

나의 명랑한 가족

커틀릿을 꼭 껴안은 사람은 여동생이에요. 내가 사는 25층짜리 건물 옥상에서 이 사진을 찍었죠. 여긴 모스크바 경치의 절반을 한눈에 볼 수 있는 명당이에요. 여름 한철 이 옥상을 수없이 드나들었어요. 사진을 찍고, 친구들과 모임을 열고, 별을 바라보며 꿈꾸고 싶어 한밤중에 올라오기도 했어요. 남편과 함께 옥상을 멋지게 장식해 야외 영화관도 열었지요. 날씨만 좋다면 매주 금요일과 토요일 저녁엔 우리 집을 찾아온 손님 모두에게 옥상을 개방했어요.

물론 최고 인기 스타는 커틀릿이었죠. 모든 손님들이 녀석과 사진을 찍으려 했고, 궁디팡팡을 해주거나 어루만져 주었거든요. 커틀릿은 그 순간을 즐겼고 하염없이 그릉거렸어요. 녀석은 손님들에게 중요하고도 아름다운, 그리고 다정한 호스트였죠. 옥상에서 커틀릿을 찍은 사진은 참 많지만, 그 어떤 사진보다도 이 둘을 함께 찍은 사진이 좋아요. 사랑하는 빨강머리들, 나의 명랑한 가족을 담았으니까.

모스크바의 작은 호랑이

여기는 '모스크바의 심장'이라고 불리는 붉은 광장이에요. 유서 깊은 쇼핑센터인 '굼(ГУМ)'이 보이는 풍경이지요. 러시아어로는 '글라이니 우니베르살니 마가진(Главный универсальный магазин)'이라는 긴 명칭이어서, 대개 머리글자를 따서 굼으로 불러요. 굼은 조명 점검을 위한 며칠을 제외하곤, 매일 저녁(당연히 크리스마스나 새해 시즌도 포함해서요) 외벽 장식 조명에 불을 켜요. 그러면 반짝반짝 빛나는 궁전처럼 변신하죠.

굼의 홍보팀 직원들은 커틀릿을 매우 좋아해서, 이곳에서 촬영할 때 커틀릿을 몇 번 데리고 간 적이 있어요. 백화점에 온 모든 손님들이 커틀릿을 감탄하는 눈으로 바라보며 칭찬했고, 쓰다듬어 주고 싶어 했지요. 근엄한 표정의 경비원들은 활짝 웃으면서 애정을 담아 커틀릿을 '호랑이'라는 별명으로 부르곤 했어요. 몸무게 10kg을 훌쩍 넘는 위풍당당한 고양이에게 잘 어울리는 별명이죠?

제왕에게 어울릴 풍경

붉은 광장 이야기를 마저 할게요. 커틀릿 뒤로 보이는 건 성 바실리 대성당이에요. 1561년 완공된 러시아 정교회 성당인데, 세계 사람들이 '러시아' 하면 떠올리는 가장 유명한 랜드마크 중 하나죠. 러시아 건축 양식과 비잔틴 양식이 혼재된 것이 특징인데, 팔각형 첨탑을 중심으로 여덟 개의 둥근 지붕이 둘러싸고 있어요. 성당에 있는 열두 개의 탑은 예수님의 열두 제자를 상징한답니다.

크리스마스와 신년 축하 기간이 되면 모스크바 시내 중심가는 수많은 조명과 꽃 장식으로 가득 차요. 스케이트장, 회전목마, 노래와 춤이 어우러진 축제가 붉은 광장에서 펼쳐지고요. 내가 가장 좋아하는 겨울 풍경이기도 하지요. 신년 축하 기간의 모스크바는 세계에서 가장 아름다운 도시일 거에요. 그리고 제왕의 풍모를 갖춘 커틀릿이야말로, 이 멋진 분위기에 완벽하게 어울리는 고양이죠.

하나가 되는 마법

내 마법의 일부를 보여줄게요. 작품 주제인 'Simple Magic Things' 중 하나랍니다. 난 촬영 소품으로 줄에 매달린 꼬마전구를 즐겨 써요. 거기엔 뭔가 신비로우면서도, 축하하는 분위기를 즉각 이끌어내는 힘이 있거든요. 조명 없는 사진을 찍는 건 상상할 수도 없어요. 그래서 정말 다양한 촬영용 조명을 많이 준비해 뒀지요.

　이 사진을 찍을 때는 커틀릿을 유인할 여러 꼼수를 써야만 했어요. 오랫동안 껴안고 쓰다듬는 것부터 시작했죠. 커틀릿은 언짢아지면 꼬리를 탁탁 흔들어요. 그럴 때면 함께 누워 토닥거려 주면서 커틀릿의 귀에 대고 부드럽게 속삭인답니다. 녀석이 진정하고 그릉그릉거릴 때까지요. 커틀릿은 차츰 차분해졌고, 내 몸의 온기와 부드러운 손을 느끼기 시작했어요. 그러더니 버둥거리는 것도 멈추더군요. 영화 제작자에겐 가장 어려운 일이 동물과 아이들을 찍는 거라고 해요. 장담하지만, 고양이를 찍을 때도 똑같은 어려움이 있답니다.

영원한 아이

이 사진에는 "미래의 왕을 그의 충실한 시민들에게 보여주노라"라는 제목을 붙여봤어요. 남편은 커틀릿을 높이 들고서 진정한 왕실 고양이다운, 메인쿤 고양이의 당당함을 보여주고 싶어 했어요. 커틀릿은 누군가가 자기 앞발 안쪽으로 팔을 끼고 잡는 것을 싫어해요. 하지만 오직 남편에게만은 무엇이든 허락해요. 나보다 더 남편을 사랑하고 무조건적으로 믿는 것 같아 때로 질투가 날 정도라니까요. 딱 보기만 해도 커틀릿이 뭘 원하는지 알아내는 남편의 능력이 부럽기도 해요.

그러고 보니 나도 남편의 친절함에 반해 사랑에 빠졌었네요. 사랑하는 여자에게 "넌 내가 낳은 아이 같아"라고 고백했던 남자 이야기를 들은 적이 있어요. 부모가 아이들을 한결같이 사랑하듯이, 그의 사랑도 같은 마음이었겠지요. 아마도 커틀릿과 나는 남편에게 영원한 아이 같은 존재일 거예요.

행복의 완성은 고양이

가족사진 보여줄까요? 우리 행복이 이 사진에 영원히 담겨 있죠. 그리고 그 행복은 남편과 나 사이에 드러누운, 이 커다랗고 붉은 고양이가 없다면 결코 완성되지 않을 거예요.

사진 속 커틀릿이 누운 자리는 녀석이 가장 좋아하는 곳이에요. 커틀릿은 항상 우리 부부 사이에서 잠들거든요. 만약 나와 남편이 잘 때 서로 껴안으려 하면, 커틀릿은 둘 중 한 명에게 올라타 여기저기 다른 방향으로 우리를 밀어내면서 결국 자기가 잠들 자리를 마련한답니다.

카파도키아, 영감이 샘솟는 땅

터키에는 카파도키아라는 유서 깊은 지역이 있어요. 기후가 좋아서 1년 중 평균 300일 정도 열기구를 띄울 수 있는 곳이죠. 1년에 두세 번 정도 이곳을 찾아 열기구를 타곤 해요. 카파도키아는 끊임없이 영감을 주는 곳이거든요.

이곳은 황량한 땅이에요. 사막에서처럼 일교차도 무척 크지요. 하루 중 가장 추운 때인 일출 무렵, 수백 개의 열기구가 하늘로 날아오르면 마법 같은 순간이 펼쳐진답니다.

열기구를 타고 날아본 적 있나요? 그건 비행기나 헬리콥터를 타는 것과는 전혀 다른, 아주 특별한 경험이에요. 행복과 기쁨의 정수를 온전히 느낄 수 있죠. 난 어린 시절에만 그런 감정을 느낄 수 있는 줄 알았어요. 아직 순수해서 지식이나 행복감을 편견 없이 받아들일 때니까요.

온 세상이 너를 환영해

커틀릿은 조금 추웠는지 나지막이 울면서 내 발치에 몸을 부볐어요. 안아서 따뜻하게 해주고 싶었지만 그럴 수 없었죠. 카파도키아의 아름다움이 사라지기 전에 사진에 담아야 했거든요. 난 코트를 벗어 커틀릿에게 덮어주고 일하러 달려갔어요.

태양은 순식간에 지평선 위로 떠올랐어요. 열기구들은 단 한 시간만 비행하기 때문에 여느 때보다 시간이 더 빨리 흐르는 것처럼 느껴졌죠. 해는 빠른 속도로 공기를 따뜻이 데웠고, 기온은 매순간 조금씩 더 올라갔어요. 커틀릿은 몸이 훈훈해지니 기분이 좋아졌는지, 코트 밖으로 나와서 호기심에 눈을 빛내며 주변을 둘러봤어요. 하늘 위 열기구에 탄 사람들은 커틀릿을 알아보고 크게 손을 흔들며 녀석의 주의를 끌었고, 커틀릿은 추위도, 여느 때보다 일찍 일어난 것도 잊었는지 마냥 기쁘고 행복해 보이더군요.

스타 탄생

아마 커틀릿의 초기 사진 중에서는 이게 가장 유명할 거예요. 나는 이 사진을 "세상에 달콤함을 뿌리는 고양이"라고 불러요. 이 사진을 찍던 날, 급히 할 일을 마치고 업무 미팅에 가려고 서두르던 중이었어요. 시간이 얼마 남지 않아서 빨리 씻어야만 했기 때문에, 장애물 경주하듯 바닥에 놓아둔 노트북을 뛰어넘어 욕실로 달려갔죠.

커틀릿은 가장 좋아하는 장소인 에어컨 밑에 누워 있다가, 내가 지나쳐갈 때 머리를 내 발 쪽으로 돌렸어요. 얼굴에는 온 우주에 흘러넘칠 듯한 행복과 만족감을 담고서, 자세는 마치 땅에서 천천히 날아오르는 것 같았죠. 그 모습이 너무 사랑스러워서 미팅에 서둘러 가야 한다는 것도 잊고, 카메라를 가지러 몸을 돌려 다시 달려갔어요. 그새 커틀릿이 자세를 바꾸거나 일어날까 봐 조마조마했지요. 하지만 커틀릿은 가만히 누워 있었고 사진을 찍을 수 있었어요. 걸작은 이렇게 탄생했답니다.

코가 닮았네

이 사진을 찍던 날, 내 마음은 온통 금빛에 사로잡혀 있었어요. 내 옷장에는 상상할 수 없을 만큼 많은 촬영용 드레스로 가득하지만, 그중에서도 반짝반짝 빛나는 이 금빛 드레스는 다른 어떤 옷보다도 커틀릿의 붉은 털 코트와 잘 어울려요.

사진 속 커틀릿과 난 무척 닮은 거 같은데, 어때요? 우리 둘 다 둥근 뺨에 조그만 들창코를 하고 있잖아요. 단지 커틀릿의 멋지고 매력적인 콧수염이 내겐 없다는 게 아쉬울 뿐이지만요.

우리의 티타임

사랑스러운 고양이와 함께하는 티타임 어때요? 나는 차 마시는 시간을 정말 좋아해요. 커틀릿은 차 한 잔에 담긴 내 애정을 공유하지는 못하지만, 모델로서 찻잔과 함께하는 포즈는 기꺼이 취해주었지요.

가끔 '내가 좋아하는 것을 커틀릿도 함께 즐길 수 있다면 얼마나 좋을까' 생각해요. 그럼 우리는 함께 더 많은 경험을 하고, 같은 감정을 공유하면서 서로를 더 깊이 이해할 수 있을 테니까요. 커틀릿과 함께 차를 마시면서 이런저런 사는 이야기를 나눌 수 있다면 얼마나 멋질까요?

리본의 유혹

실크 리본이 달린 우크라이나의 전통 결혼 예복을 입어 봤어요. 이 옷에는 커틀릿이 가장 좋아하는 장난감이 달려 있거든요. 커틀릿은 장난감을 많이 갖고 있지만 열광하며 관심을 보이는 건 잠깐 뿐이고, 무척 빨리 싫증을 내요. 그래서 매주 새 장난감을 사줘야만 하지요. 하지만 그런 커틀릿도 질리지 않고 한결같이 좋아하는 게 있어요. 그 중 하나가 바로 실크 리본이랍니다.

커틀릿은 실크 리본을 갖고 노는 걸 굉장히 좋아해요. 살랑살랑 흔들리는 리본만 보면 순식간에 뚱뚱한 집고양이에서 민첩한 사냥꾼으로 변신하지요. 이 사진을 보면, 커틀릿이 사냥을 기대하면서 얼마나 한껏 꼬리를 부풀리고 있는지 알게 될 거예요.

나도 데려가라냥

고양이와 살고 있다면, 상자가 고양이에게 얼마나 치명적인 덫인지 잘 알겠죠? 여행 가방은 그 어떤 상자보다도 더 잘 작동하는 매력적인 덫이고요.

사진 촬영 때문에 여행을 준비할 때마다 여행 가방에 당당히 들어앉아 있는 커틀릿을 번번이 꺼내 놓아야 했어요. 하지만 커틀릿의 그런 행동은, 자기만의 방식으로 이렇게 말하는 거라는 걸 알아요. 보고 싶을 거라고, 올 때까지 기다릴 거라고.

직업상 세계의 아름다운 명소를 찾아가 촬영해야 할 일이 많아요. 그때마다 함께 떠나고 싶은 것처럼 여행 가방에서 나오지 않는 녀석을 보면 발걸음이 무거워져요.

"커틀릿, 나 없는 동안 착하게 기다릴 거지? 돌아올 땐 좋아하는 장난감을 가방 가득 채워서 올게."

막간을 이용한 놀이

우린 촬영을 할 준비가 다 됐어요. 물론 커틀릿은 이번 촬영의 가장 중요한 모델이죠. 녀석은 무척 진지한 얼굴로 촬영을 기다리고 있어요. 오직 바보 같은 사진가(그러니까, 나 말이죠)만 좋다고 이리저리 다니면서 즐거워할 뿐이지요. 일할 때는 너무 진지해지지 말자고요!

　남편이 조명을 설치하고 촬영 장비들을 준비할 동안, 나와 커틀 릿은 막간을 이용한 짧은 놀이를 하면서 시간을 보내요. 이날은 종이 를 옷걸이 모양으로 오려서 커틀릿의 귀 위로 갖다 대 봤어요. 커틀 릿이 조그맣게 변해서 옷걸이에 대롱대롱 매달린 것 같죠?

커틀릿 버거 출시!

커틀릿이 앞에 있으면, 원근법을 활용한 사진 놀이를 해보곤 해요. 왜, 여행지에 가면 많이 하는 놀이 있잖아요. 멀리 있는 친구를 거인 손바닥 위에 올려놓은 것처럼 보이게 사진을 찍는다든가 하는 그런 놀이 말이에요.

가끔 커틀릿의 이름에서 연상되는 장난을 치기도 한답니다. 커틀릿이 왜 햄버거 빵 사이에 들어가 있냐고요? 맞아요, 이 사진은 러시아 전통음식을 연상시키는 커틀릿의 이름을 시각 이미지로 재미있게 표현한 거예요. 이름이 성격에도 영향을 준다는 말이 정말인지는 모르겠지만, 커틀릿은 이름과 성격이 완벽하게 일치해요. 커틀릿 요리처럼 정말 진국이거든요!

부엌 정리는 안 도와줘도 돼

고양이는 도대체 왜 식탁에 매혹되는 걸까요? 이날은 아마 남편이 막 요리를 끝낸 때였던 것 같아요. 커틀릿은 결코 이런 기회를 놓치지 않지요. 남편이 음식을 준비하는 동안, 그때마다 가까이에서 지켜보고 있거든요.

이따금 '음식 만드는 걸 도와주려고' 하는 듯하지만, 녀석의 시도는 대부분 앞발을 쭉 뻗어 맛있는 것을 훔쳐가는 걸로 끝나곤 해요. 커틀릿, 부엌 정리는 돕지 않아도 괜찮으니까 어지르지만 말아줘.

고양이 파파라치

내겐 카메라를 수집하는 소소한 취미가 있어요. 누구나 우리 집에 오면 내가 모아둔 카메라를 언제든 볼 수 있지요.

이 사진을 찍을 땐 커틀릿의 관심을 카메라 쪽으로 유도하기가 쉽지 않았어요. 그래서 커틀릿이 이 '새롭고 묘한 장난감'에 관심을 가질 때까지, 좋아하는 장난감으로 오랫동안 놀아주며 기분을 맞춰 줘야 했답니다.

결과만 보면 커틀릿은 정말 익살스럽게 나왔어요. 꼭 파파라치가 은밀하게 다음 촬영 대상을 노리는 것 같지 않나요? 평소에는 내가 파파라치처럼 커틀릿을 따라다니며 사진을 찍지만 말이죠. 커틀릿은 우리를 어떤 눈으로 보고 있을지 가끔 궁금해져요. 고양이의 눈높이로 본 세상은 어떨까요?

게으른 숨바꼭질

모스크바의 겨울은 상상 이상으로 엄청나게 춥답니다. 어느 겨울, 니트로 짠 아주 큰 울 담요를 주문했어요. 따뜻할 뿐 아니라 무척 예뻐서, 촬영할 때 이 담요를 배경으로 쓰기 시작했죠.

이 사진을 찍을 때 커틀릿은 나와 함께 놀고 싶었나 봐요. 담요 위에서 정말 신이 나서 뛰어다니는 바람에, 촬영을 멈추고 놀아줄 수밖에 없었거든요.

커틀릿은 이리저리 우다다를 하며 노느라 피곤해 보였지만 여전히 장난치고 싶어 했어요. 하지만 이젠 힘들게 도망 다니는 놀이 대신, 담요 속에 숨는 '게으른 놀이'를 하겠다고 결심한 모양이에요. 담요에 머리를 집어넣고 "나를 찾아봐!" 하듯 꼬리를 살랑거리는 걸 보면 말이죠.

올빼미는 내 친구

우리 집에 저녁 먹으러 올래요? 아, 올빼미는 무서워하지 않아도 돼요. 갑자기 식탁으로 날아오르거나 손님을 깨물 일은 없을 테니까요. 살아있는 올빼미와 똑같아서 처음 본 사람들은 많이 놀라지만, 사실 사진 촬영을 위해 특별 주문한 수공예 인형이거든요.

커틀릿은 이 올빼미에게 굉장히 큰 호기심을 갖고 관심을 보였어요. 하지만 이 인형은 매우 비싼 데다 깨지기 쉬워서, 커틀릿의 손이 닿지 않는 선반 위에 보관했죠. 그렇지만 어쩐 일인지 그 뒤로 커틀릿이 그 선반 위에 있는 걸 아주 여러 번 목격했어요. 아마 올빼미 친구가 만나고 싶었나 봐요.

커틀릿을 위한 선물

촬영 때 커틀릿을 집중시키는 몇 가지 비법이 있어요. 녀석이 뭘 좋아하는지 알거든요. 그중 한 가지는, 커틀릿이 꽃을 무척 좋아한다는 거예요. 킁킁거리며 꽃향기를 맡고 심지어 덥석 물어 뜯을 정도로 아주 좋아한답니다. 그 중에서도 커틀릿이 특히 애착을 갖는 꽃이 있는데, 바로 모란이에요. 남편이 모란 꽃다발을 내게 선물할 때면, 웃으면서 "이건 커틀릿을 위한 선물이잖아" 하고 말할 정도지요.

바닥에 꽃다발을 두면 커틀릿은 오랫동안 향기를 맡으면서 우스꽝스러운 표정을 짓기도 하고, 꽃잎을 물기도 하면서 진심으로 즐기는 것 같아요. 녀석은 꽃에 둘러싸여 세상 모든 것을 잊은 것처럼 몇 시간이든 몰입하죠. 그리고 바로 그때가, 자연스러운 커틀릿의 모습을 찍을 절호의 기회고요. 수국에 둘러싸여 코끝을 핥는 저 조그만 혓바닥은 꼭 꽃잎 같지 않나요?

꽃길만 걸어요

봄은 제일 좋아하는 계절이에요. 부드러운 색으로 세상을 아름답게 물들이면서 환하게 피어난 수많은 꽃을 보는 게 정말 좋아요. 꽃향기는 머리를 취하게 하고, 즐거움을 온몸 가득 채워주면서, 영혼에 사랑을 가져다주거든요. 세상 무엇이 이보다 더 아름다울까요?

커틀릿을 품에 안고 목련이 가득 핀 꽃길을 따라 걸었어요. 커틀릿도 두 팔로 내 어깨를 감싸고 꽃구경에 흠뻑 빠졌지요. 커틀릿이 꽃을 사랑하는 고양이라서 다행이에요. 우리가 좋아하는 걸 공유할 수 있잖아요. 이렇게 멋진 시간을 함께할 수 있다는 게, 누구에게나 주어지는 행운은 아니니까요.

우연이 만들어준 작품

나는 사진뿐만 아니라 나를 둘러싼 모든 일상 속에서 아름다움을 끌어내려고 노력해왔어요. 그것이 영감의 원천이 되었죠. 몇 넌 전, 나와 남편은 우리의 오랜 친구인 폭스바겐 뉴 비틀에 그걸 표현해 봤어요. 즉흥적으로 상상력을 발휘해서 차를 도화지 삼아 그래피티를 그렸거든요.

이날 커틀릿이 무엇에 정신이 팔려 자동차 지붕으로 올라갔는지는 기억나지 않네요. 아마 파리를 잡고 싶어서였던 거 같아요. 왜 파리 사냥 같은 걸 좋아하는지 이해할 수는 없지만요.

고양이는 사냥할 때 무척 민첩하고 능수능란해진답니다. 사냥감을 잡을 때까지는 어떤 것도 관심을 다른 데로 돌릴 수 없죠. 덕분에, 트로피 꼭대기를 장식한 조각처럼 멋지게 고개를 든 녀석을 찍을 수 있었어요.

꼬마 운전사

장난감 가게에서 이 미니 자동차를 발견했어요. 나의 뉴 비틀과 똑같아서 얼마나 웃었는지 몰라요. 바로 앞 장에서 봤던 그 차 기억하죠? 이미 눈치 챘겠지만, 나는 딱정벌레처럼 매끄러운 자동차 디자인을 정말 좋아해요. 물론 이 장난감 자동차를 보았을 때도 그냥 지나칠 수 없었죠. 기념 시승은 당연히 커틀릿이 맡아줬어요! 아주 만족스러운 표정으로 말이죠.

이렇게 매력적인 꼬마 운전사를 본 적 있나요? 커틀릿에게 딱 맞는 크기의 뉴 비틀을 발견해서 정말 즐거웠어요. 우리 둘이서 나란히 이 차를 운전한다면 얼마나 재미있을까요?

솜털처럼 포근한 행복

솜털처럼 포근한 나의 행복. 폭신폭신한 고양이를 꼭 껴안고 함께 누워 그릉거리는 소리를 듣는 것보다 더 큰 즐거움은 없을 거예요. 커틀릿과 함께 있는 이 순간이 너무 행복하고 소중하게 느껴져요.

모든 삶에는 사랑과 포옹이 필요해요. 힘들 때 말없이 안아주고, 체온을 나눠주고, 두근두근 뛰는 심장 소리를 함께 들을 누군가가 말이죠. 그 대상이 연인이나 가족일 수도 있겠지만 고양이면 또 어떻겠어요? 오히려 고양이라서 더 좋을지도 모르죠. 그들은 언제나 곁에서 우리에게 무조건적인 사랑을 주고, 부끄러운 일을 털어놓아도 여기저기 말을 옮기지도 않으니까 말이에요.

핼러윈 유령과 고양이

이 사진은 핼러윈 직전에 촬영한 거예요. 보들보들한 장난감 인형 중 하나를 골라 낡은 셔츠를 씌우고, 눈과 코를 표시하는 조그만 구멍을 뚫어 꼬마 유령을 만들었어요. 그리고 커틀릿 옆에 놓아두었죠. 뭐니 뭐니 해도 핼러윈의 가장 중요한 등장 캐릭터 중 하나는 고양이니까요.

하지만 커틀릿은 별로 놀라지 않더라고요. 시큰둥한 얼굴로 앉아 있기만 했죠. 내가 준비한 유령 놀이는 그리 성공적이진 않았지만, 커틀릿의 귀여운 표정은 여느 때처럼 사진으로 남길 수 있었답니다.

디스코 볼 속 토끼들을 잡아라

디스코 볼은 내가 좋아하는 물건 중 하나예요. 우리 아파트에는 창이 많아서 창문으로 쏟아져 들어오는 햇빛을 따라 디스코 볼을 옮겨 놓곤 하는데, 그러면 우리 집은 즉시 '반짝반짝 빛나는 토끼들'로 가득 찬 마법의 나라로 변한답니다.

커틀릿은 디스코 볼을 갖고 노는 걸 정말 좋아해요. 앞발로 디스코 볼을 이리저리 굴리면 온 집 안에 반짝이는 토끼들이 뛰어다니는데, 그걸 잡으러 다니는 게 무척 재미있나 봐요.

상상해 보세요, 레이저 포인터의 작은 불빛만으로도 고양이는 흥분해서 뛰어다니잖아요. 근데 수십 개의 반짝이는 불빛들이 동시에 움직인다면 커틀릿이 얼마나 열광할지, 짐작하겠죠?

고귀한 '고양이 사슴'

나는 우리가 함께 사는 공간에 매순간 영감을 불어넣는 다채롭고
아름다운 물건들을 항상 채워 놓아요. 바닥에 놓아둔 물건들에 커틀
릿이 관심을 보이지만 않는다면, 언제나 카메라로 그것들을 포착할
수 있도록요.

　　하지만 커틀릿이 어슬렁거리다 소중히 모셔 놓은 수집품을 몸
으로 가려버리는 바람에, 예상치 못했던 장면이 연출되기도 해요.
고귀한 '고양이 사슴'으로 변신한 커틀릿처럼요. 어때요, 마음에 드
나요?

고양이 몸의 신비

불꽃을 배경으로 찍은 소녀 사진을 액자로 만들어 집에 가져왔어요. 오래 전부터 찍어온 <드레스를 입은 소녀> 시리즈 중 하나죠.

커틀릿도 이 사진을 좋아했냐고요? 아뇨, 전혀 관심 없더라고요. 하지만 탁자 위에 뭔가 있으면 항상 흥미를 갖고 보긴 해요. 그리고 커틀릿이 그걸 보기 위해 몸을 있는 대로 쭉 뻗으면, 키가 1미터는 훌쩍 넘는 것처럼 보인다니까요. 고양이가 마음먹기만 하면 몸을 얼마나 자유자재로 늘릴 수 있는지, 정말 신비하고 놀라워요.

새 집이 또 생겼군!

사실 커틀릿이 정말 좋아하는 건 뭔가를 포장했던 상자인지도 몰라요. 고양이는 상자를 보면 새 집이 하나 더 생긴 줄 안다니까요. 전에도 썼지만, 상자는 정말 '고양이를 위한 덫'이 틀림없어요. 정작 고양이들은 왜 그렇게 되는지 이해 못 하는 것 같지만요. 녀석들은 제 의지와 무관하게 홀린 것처럼 다가와 상자 안에 들어가 앉고 말거든요.

커틀릿도 예외는 아니에요. 적당한 크기의 상자를 발견하면 한 개도 그냥 지나치는 법이 없죠. 하지만 이렇게 심각하게 집중한 얼굴로 '덫'에 빠져 있을 줄이야!

진정한 모델

커틀릿은 거울 속에 비친 모습이 자기 자신이라는 걸 아는 게 분명해요. 거울 앞에 멈춰 서서 귀를 매만지거나, 머리를 이쪽저쪽 돌려보면서 자세를 바꾸는 걸 자주 봤거든요. 마치 캣워크에 서기 전에 무대 뒤에서 자기 모습이 어떤지 확인하는 모델처럼요. 그러면서 거울을 통해 우리를 쳐다본다니까요. 마치 관객의 반응을 살피는 것처럼. 커틀릿은 분명 진정한 모델이에요.

관심

별 속에 커틀릿이 비치고 있네요. 커틀릿은 반사되는 물체를 통해 카메라 렌즈를 정확하게 바라볼 줄 알아요. 카메라가 어떻게 작동하는지, 그리고 거울처럼 자신의 모습이 비치는 물체가 뭔지 완벽하게 안다는 거지요. 사실 지금 커틀릿의 관심은, 카메라를 들고 열심히 자기를 찍는 내게 온통 쏠려 있어요.

욕실은 신나는 놀이터

욕실은 우리 집의 자랑거리예요. 타일에 문양을 넣기 위해 욕실 레이아웃까지 직접 설계했죠.

커틀릿도 욕실을 좋아해요. 많은 고양이들이 욕실 바닥이나 싱크대 위에 누워 있기를 즐긴다는데, 아마도 다른 곳보다 시원해서 그런 거겠죠. 아무튼 우리 집 욕실의 모든 가구들은 커틀릿이 움직이기 편하게 배치했어요. 원한다면 욕실 어느 곳이든 쉽게 올라가고 내려올 수 있도록 말이죠.

그림 보는 고양이

커틀릿은 나랑 친한 화가가 그린 이 그림에 엄청난 관심을 보였어요. 너무나 열심히 집중해서 그림을 바라보는 커틀릿을 보면서 그 이유에 대해 두 가지 가설을 생각해봤죠.

첫 번째 가설, "커틀릿은 우리 집의 모든 의자가 자기 거라고 생각한다(물론 이 그림을 올려둔 의자도 포함해서)." 자기 물건에 뭘 올려놓은 게 못마땅해서, 치울 때까지 노려보는 게 아닐까요?

두 번째 가설, "커틀릿은 햇빛을 받으며 뛰어가는 그림 속의 토끼를 잡고 싶어 한다." 이전에 소개한 디스코볼 사진에서 커틀릿이 움직이는 빛들을 잡으러 뛰어다닌 거 생각나요? 그때 그 빛 조각들을 '작은 토끼들'이라고 불렀죠. 그래서 우리는 이 그림 역시 <햇살 토끼>라는 제목을 붙였답니다.

아홉 개의 목숨을 가진 고양이

알아보니까 고양이에 관한 세계 신화가 참 많더라고요. 그 중 어느 신화에서는 고양이가 아홉 개의 목숨을 가지고 있다고 해요. 비유적인 표현이겠지만, 고양이의 영특함과 신비로움을 잘 표현한 것 같아 마음에 들었어요. 한국인 친구에게 들었는데 이 신화를 참고해서, 숫자 9가 두 번 겹치는 9월 9일을 '한국 고양이의 날'로 기념한다고 하더라고요. 의미 있는 아이디어라고 생각했어요.

어쨌든 이 사진에서 그 신화를 눈에 보이는 이미지로 만들어보고 싶었어요. 만약 실제로 내 아파트에 똑같이 생긴 아홉 마리 고양이가 있다면 너무 행복하고 재미있을 거 같아요. 녀석들은 각자 하고 싶은 일을 할 테고, 때로는 어울려 놀기도 하겠죠. 그리고 아침이 되면, 아홉 마리 고양이들이 모두 침대로 올라와 나를 깨워줄 거에요.

네가 어렸을 때

커틀릿의 어렸을 적 사진이에요. 심지어 한 살도 채 되지 않았을 때 죠. 지금보다 앳된 얼굴에 무척 날씬했고 날렵하게 돌아다녔어요. 젊은 혈기에 쉬지도 않고 끊임없이 놀다가, 나를 따라다니며 야옹야옹 엄청나게 수다를 떨기도 하고, 문득 조용하다 싶어서 보면 천사처럼 잠들어 있던 모습을 아직도 기억해요. 커틀릿은 이때부터 모델 뺨칠 정도로 사진발 잘 받는 고양이였답니다.

커틀릿의 전용 의자 1

커틀릿이 관심을 갖는 유일한 인테리어 소품은 새 의자뿐이에요. 커틀릿은 일단 새 의자가 보이면 모두 테스트해보려 하고, 오랫동안 거기 누워 있어요. 만약 강제로 내려오게 하면, 불만스럽게 투덜거리는 야옹야옹 소리를 듣게 되지요.

우리 집에는 커틀릿만 쓰는 전용 의자가 두 개 있어요. 이게 커틀릿의 첫 번째 전용 의자예요. 낡은 의자 두 개에서 쓸 만한 부품을 골라내고 새 천을 씌워 직접 만든 거랍니다. 이 의자를 완성하고 나서 우리가 채 앉기도 전에, 마치 제 집인 양 편안하게 앉아 그루밍하는 커틀릿을 보고, 이건 나와 남편이 쓸 의자가 아니란 걸 바로 깨달았지요.

어쨌거나 고양이들이 그루밍하는 모습은 익살스럽기도 하고 한편으로는 우아해요. 뒷다리를 쭉 뻗고 길고 까슬까슬한 혀로 핥느라 몸을 숙이는 모습이 꼭 발레리나 같거든요. 발레리나의 우아함을 갖춘 뚱뚱한 고양이라니, 굉장한 모순이지만 말이에요.

커틀릿의 전용 의자 2

커틀릿의 두 번째 전용 의자는, 좌판이 좁고 다리가 길어서 바 테이블에 쓰기 좋은 철제 의자랍니다. 여기서 잠든 커틀릿을 보면 '고양이 액체설'을 증명하는 것 같아요. 이렇게 작은 좌판에 이만큼 덩치 큰 녀석이 앉을 수 있다니, 고양이가 아니라면 불가능한 일이죠. 물론 자는 동안 발이나 꼬리가 의자 밖으로 삐져나오긴 하지만요.

또 이 의자의 좌판 한가운데에는 작은 구멍이 있어서, 커틀릿과 재미있게 놀아주기엔 제격이에요. 가끔 그 구멍에 손가락을 집어넣고 커틀릿을 콕콕 건드리며 장난도 친답니다.

무엇에 쓰는 물건이냥?

커틀릿은 집에 새로 들어온 물건이라면 무조건 관심을 보이며 정탐해요. 모든 상자와 포장을 확인하고, 아주 신중하게 냄새를 맡으면서 검사한답니다.

새 자전거를 집으로 가져온 날, 커틀릿은 오랫동안 주위를 어슬렁거리며 탐색했어요. 하지만 만족할 만한 답을 얻지 못했는지 뭔가 요구하듯 야옹거리기 시작했죠. 녀석이 가장 좋아하는 의자를 자전거 옆에 놔주었더니 그제야 조용해졌어요. 의자 위에 올라서니 새로 온 물건이 뭔지 한눈에 볼 수 있어서 좋았나 봐요.

"커틀릿, 나중에 너도 자전거 태워줄게. 당연하잖아!"

가장 높은 캣타워

서리가 내렸지만 화창한 아침, 커틀릿은 주로 창턱에서 쉬고 있어요. 우리집에서 제일 큰 창이 있는 곳이자, 가장 양지바르고 따뜻한 자리여서 굉장히 좋아하거든요. 커틀릿은 여기 누워서, 출근길 사람들이 바삐 오가는 모습을 구경하는 걸 즐겨요.

높은 곳을 좋아하는 고양이에겐 세상 어떤 캣타워보다 전망 좋은 곳이지요. 개미처럼 조그맣게 보이는 자동차와 사람들을 앞발로 잡고 싶어 하는지도 몰라요. 모스크바는 매서운 한겨울 추위로 유명하지만, 편안하게 아침 시간을 즐기는 커틀릿과 함께 집에서 보내는 이 시간만큼은 따뜻하고 아늑하답니다.

너를 위해 비워둔 자리

아까 소개했던 창턱이에요. 창 밖 풍경에 약간의 장식만 더해보았어요. 멋지긴 한데 자꾸 뭔가 허전한 기분이 드는 이유는 왜일까요? 생각해보니 가장 중요한 주인공이 빠졌더라고요. 그래서 창턱 가운데에 고양이 한 마리가 앉을 만한 자리를 비워두었어요.

커틀릿이 창턱에 올라오게 만드는 가장 쉬운 방법은, 새로운 물건을 올려 두는 거예요. 그러면 녀석은 자기가 가장 좋아하는 자리에서 무슨 일이 일어나는지 확인하려고 득달같이 달려올 테니까요. 커틀릿이 폴짝 뛰어올라 창 밖을 내다보는 순간, 완벽한 풍경이 연출됐어요.

고양이 텐트

커틀릿은 좋아하는 장난감이 항상 들어 있는 자기 집을 여러 개 갖고 있어요. 사진 촬영을 하거나 장난치느라 커틀릿을 귀찮게 하면, 도망쳐서 바로 여기 숨어버린답니다.

모든 살아있는 존재에게는 자신만의 공간이 필요하다고 믿어요. 홀로 있으면서 오롯이 자기 자신을 느낄 수 있고, 스스로 완벽한 안전을 느낄 수 있는 그런 편안한 공간 말이죠. 커틀릿에게는 그런 장소가 고양이 텐트인 게 분명해요.

토토로가 되어 줄래?

이런 사진 어디선가 본 적 없나요? 난 애니메이션 《이웃집 토토로》
에서 영감을 얻었어요. 당연히 커틀릿이 맡은 역할은 토토로랍니다.
고양이 버스가 절대 아니고요.

이 사진은 애묘인이라면 누구나 한번쯤 상상해 봤을 법한 꿈을
표현한 거예요. 고양이가 나에게 기대는 게 아니라, 내가 고양이 몸
에 폭 안겨 기대어 눕는다고 상상해 봐요, 얼마나 따뜻하고 편안할지.
고양이가 숨을 들이쉬고 내쉴 때마다 내 몸은 조용히 올라갔다 내려
갔다 하겠죠. 그리고 고양이가 기분 좋은 그릉그릉 소리를 낼 때마다
그 강한 진동에 맞춰 온 몸이 흔들릴 테고요. 얼마나 행복할까요?

낭만적인 동반자

아무도 없는 옥상은 종종 커틀릿과 나만을 위한 비밀 아지트가 되곤
해요. 정말 낭만적인 시간이 함께하는 곳이랍니다. 까만 밤하늘과 초
승달, 멀리 보이는 건물 지붕들, 동화를 꿈꾸는 소녀, 그리고 고양이
까지, 로맨스의 모든 요소가 여기 있죠.

커틀릿은 기꺼이 낭만주의자와 몽상가를 위한 메신저 역할을
맡아 준답니다. 아마 이곳에서 누군가가 꿈에 대해 이야기하기 시작
하면, 분명 커틀릿은 야옹야옹 속삭이며 대답해줄 거에요. 고양이는
멋진 친구이자 인생의 동반자니까요.

종이접기 할래요?

몇 시간 전, 촬영 소품이 필요해서 알록달록한 색지로 엄청나게 많은 종이접기를 했어요. 커틀릿은 그 주위에서 마치 새끼 고양이처럼 뛰어 노느라 정신이 없었죠. 나는 애써 만든 종이배와 종이비행기들을 커틀릿이 망가트리지 않게 조심조심 달래면서, 아예 종이비행기 몇 개와 색종이를 갖고 놀라고 줬어요.

하지만 당연히 커틀릿은 내가 준 장난감보다 종이접기에 더 관심을 보였죠. 그리고 순식간에 우리 둘 모두에게 매우 흥미진진한 게임이 시작됐답니다. 커틀릿은 덮고 있던 이불 속에서 조용히 준비 태세를 갖춘 뒤 갑자기 뛰쳐나와 종이배와 종이비행기를 공격했고, 내 손에 든 색종이를 앞발로 낚아챘어요. 그게 너무 웃기고 재미있었죠. 결국 커틀릿이 종이비행기 몇 개를 찢어버렸지만 난 만족했어요. 커틀릿과 함께하는 작업은 다른 어떤 일보다도 즐거우니까.

나도 "도왔어요"

유독 피곤했던 어느 날 저녁, 하지만 이날은 촬영을 위해 형형색색의 커다란 종이학을 다양한 크기로 많이 만들어둬야만 했어요. 물론 커틀릿은 아주 열정적으로 나를 "도왔어요"(이걸 돕는다고 해야 할지 모르겠지만). 발라당 누워 앞발과 뒷발로 타닥거리며 색종이를 찢기도 하고, 이미 만들어 둔 종이학을 헤집고 물어뜯는가 하면, 제 아지트로 가져가 버렸으니 말이에요.

그 결과, 우리는 몇 시간 만에 기운을 탕진하고 드러누워 버렸어요. 그때 마침 집에 돌아온 남편이 엄청난 수의 알록달록한 종이학과 널브러진 종이더미 사이에 누운 나와 커틀릿을 발견하고 이 사진을 찍어 주었죠.

체셔 고양이처럼

지금부터 커틀릿처럼 함께 웃어볼까요!

난 커틀릿이 다양한 스타일로 미소 짓는 연작 사진을 갖고 있어요.
이 사진 속 커틀릿은 내가 어릴 적부터 좋아했던 동화 《이상한 나라
의 앨리스》에 등장하는 유명한 체셔 고양이의 미소를 띠고 있네요.

　판타지 같은 얘기지만, 커틀릿이 집안 어디선가 나 몰래 이렇게
웃고 있지는 않을까 상상해봐요. 그리고 그런 상상을 하는 것만으로
도 미소가 떠오르는 걸 깨닫곤 소리 내어 깔깔 웃는답니다.

비눗방울은 싫어

비눗방울은 내 모든 사진의 주제인 'Simple Magic Things' 중 하나예요. 하지만 사실 커틀릿은 비눗방울을 썩 좋아하지 않아요. 아마도 비누 냄새가 싫거나 비눗방울이 터질 때 눈을 자극해서 싫어하는 게 아닐까 짐작하고 있어요.

사실 이 사진을 찍을 때도 작은 꼼수를 썼어요. 남편은 커틀릿과 멀찍이 떨어진 곳에 카메라를 놓고 렌즈 앞에서 비눗방울을 불었죠. 커틀릿은 다가와 우리를 유심히 지켜봤어요. 만약 비눗방울이 자기 쪽으로 날아온다면 언제든 도망갈 준비를 하고서요.

준비됐어, 얼른 찍어

커틀릿은 바스락거리는 망사 천에 드러눕는 걸 좋아하고, 줄에 매달린 꼬마전구를 사랑해요. 그래서 이 사진을 찍기 위해 굳이 커틀릿을 염두에 둘 필요조차 없었어요. 왜냐하면 꼬마전구를 배치하기 시작하자마자 내가 뭘 하는지 확인하려고 즉시 달려왔으니까요. 조명 위에 천을 놓았을 때, 커틀릿은 한가운데로 맵시 있게 걸어와 식빵을 구우면서 "난 준비됐어, 얼른 찍어" 하고 명령하듯 쳐다봤답니다.

이 풍선은 모두 내 거야

이 아름다운 *무라노(Murano, 이탈리아 베니스의 교외에 있는 다섯 개의 작은 섬들로, 베네치아 유리 제조로 유명한 곳-옮긴이) 유리 풍선들은 베니스에서 산 거예요. 무척 아름답지만, 무척 깨지기 쉬운 재질이어서 커틀릿과 함께 촬영할 때 아주 가끔씩만 꺼내 쓰곤 해요.

커틀릿은 이 유리 풍선에 관심이 참 많아요. 킁킁 냄새를 맡기도 하고 앞발로 만져보려고 끊임없이 시도하거든요. 물론 커틀릿이 앞발로 유리 풍선을 잡아당길 때마다 내 심장은 두려움에 얼어붙지만 말이죠.

마카롱 비가 내려와

커틀릿은 단것을 먹지 않아요. 하지만 나는 달콤한 걸 좋아해서 가끔 '마카롱 비'를 맞는 걸 꿈꾸곤 하죠. 《헨젤과 그레텔》에서 과자로 만든 집 이야기를 읽을 때마다 실제로 그 집을 볼 수 있다면 얼마나 환상적일까 상상하곤 했어요. 커틀릿은 이 사진으로 내 꿈을 실현시켜 주었죠.

싸우자, 풍선아

커틀릿은 풍선을 가지고 굉장히 우스꽝스럽게 놀아요. 풍선이 정전기 때문에 모직 카펫에 달라붙는 걸 싫어하면서도, 풍선 더미를 향해 엄청난 속도로 신나게 달려가 여러 방향으로 뿔뿔이 흩어뜨리는 걸 너무 좋아하거든요.

커틀릿은 모든 풍선이 바닥에 떨어질 때까지 몸을 숨기고 적절한 때를 기다려요. 그런 다음 풍선 더미를 향해 다시 전속력으로 달려가 마치 붉은 회오리바람처럼 뛰어다니죠.

그럴 때마다 풍선들은 여기저기로 흩어지지만, 서너 개는 커틀릿의 등과 옆구리에 달라붙기도 해요. 그러면 커틀릿은 풍선 더미에서 일단 뛰쳐나왔다가, 다시 몸을 숨기며 다음 공격을 준비한답니다.

'커틀릿' 하면 내 팬들이 떠올리는 사진 중 하나야.
누구나 모자 하나로 패션모델이 될 수 있다고. 나를 봐!

내 인내심의 한계는 1~2분 정도라고.
하지만 촬영 후의 간식을 생각해서 지금은 참을게.

선글라스를 쓴 것만으로도 변신할 수 있어.
때론 도도한 런더너로, 때론 자유 영혼 펑크족으로,
때론 사랑스러운 미키마우스로.

무섭지 않아

일단, 커틀릿은 '정체를 알 수 없는, 날아다니는 뭔가'를 무서워해요.
예전에 발코니에서 기세 좋게 말벌을 잡았다가 코를 쏘인 적이 있는
데, 아마 그게 가벼운 트라우마가 된 것 같아요.

하지만 이 가짜 나비들은 확실히 안전하다는 걸 커틀릿은 금세
깨달았지요. 예쁜 촬영용 모형 세트일 뿐이니까요.

누구 눈일까?

정말 오랜 시간 동안 커틀릿과 함께 이 사진을 찍었어요. 물고기 두 마리를 얼굴 가까이 가져갈 때마다 커틀릿을 가만히 있게 만들기란 쉽지 않았죠. 커틀릿은 몸을 꼬면서 야옹거렸고, 킁킁대며 물고기를 먹으려 했어요. 사진 찍으며 녀석을 말리느라 진땀을 뺐죠. 촬영 소품이기도 하거니와, 날것으로 먹으면 위험할 수도 있으니까요.

　　사진을 찍느라 우리 둘 다 피곤해졌지만, 그럼에도 불구하고 훌륭한 사진 몇 컷을 남길 수 있었답니다. 결과는 이 위트 넘치는 사진으로 직접 확인하시길.

사탕은 안 돼

물론 고양이에게 사탕을 주지는 않아요. 건강에 해로우니까요. 게다가 고양이는 단맛을 느끼지 못하거든요. 그런데도 커틀릿은 사탕을 달라고 강력하게 요구했어요. 이 사탕의 어떤 점이 그토록 마음을 사로잡았는지 잘 모르겠지만요.

　사진을 찍자마자 사탕은 즉시 압수했어요. 커틀릿은 매우 불행한 표정으로 돌려달라며 오랫동안 야옹야옹 졸라댔답니다. 미안하지만 사탕은 안 돼, 커틀릿.

꽃 고양이

화관을 쓰고 당당하게 고개를 든 커틀릿의 얼굴을 보면, 꼭 이렇게 말하는 것 같아요.

"나도 알아, 내가 엄청나게 귀엽다는 걸!"

사람이 이렇게 말하면 오만하게 보였을 텐데 고양이는 왜, 어떤 표정을 짓든 귀여운 걸까요? 오히려 그 당당함 때문에 더 사랑스러워 보이니 참 이상하죠.

사진가인지, 캣 시터인지

하루는 촬영을 위해 여러 색깔의 실크 리본들을 바닥에 놓아두었
어요. 하지만 실크 리본은 커틀릿이 가장 좋아하는 장난감이었죠.
덕분에 내가 일하는 걸 커틀릿이 허락해주기 전까지 아주 오래 놀
아줘야만 했어요. 아무래도 커틀릿은 내 직업이 자기와 함께 놀아
주는 캣 시터라고 생각하나 봐요.

남자의 취미

남성 마크라메(매듭공예의 일종-옮긴이) 클럽의 첫 번째 규칙이 뭔 줄 아세요? 남성 마크라메 클럽에 대해 그 누구에게도 말하지 말라는 거예요. 자수나 뜨개질 같은 공예는 남자다운 활동이 아니라는 인식이 강하니까요.

하지만 요즘 세상에 굳이 남자다운 취미, 여자다운 취미를 나눌 필요가 있나요? 남편도 촬영을 위해 기꺼이 이 마크라메 작품을 만들어 준 걸요. 그리고 커틀릿을 보세요. 세상에서 가장 남자다운 고양이지만 마크라메를 좋아하잖아요.

그런 의미에서, 남편과 나는 커틀릿이 함께 있는 자리에서 공식 선언하려 해요. "남자들이 새로운 의상디자인을 위해 수를 놓고 싶어 한다면, 그렇게 하게 놔 두세요"라고요.

커틀릿, 날다

그렇게도 꽃이 좋을까. 잔뜩 떨궈 놓은 꽃잎들 사이에 앉거나 뒹굴면
기분이 하늘을 날아오를 듯한가 봐요.

커틀릿 촬영을 위한 5단계

이미 말했듯이, 커틀릿은 꽃을 굉장히 좋아해요. 커틀릿을 촬영하기 위해 사용하는 가장 쉬운 유인 방법 중 하나가 바로 꽃을 사용하는 거거든요. 이 사진도 그런 방법으로 탄생했답니다. 어떻게 찍었냐고요?

1단계, 꽃을 늘어놓는다.

2단계, 커틀릿이 다가온다.

3단계, 조심스럽게 킁킁거리며 꽃들을 탐색한다.

4단계, 꽃들 가운데 눕거나 혹은 앉는다.

5단계, 최대한 빨리 촬영한다.

간단하죠?

노란 코트? 빨간 코트?

가을 낙엽을 모아 사진을 찍어봤어요. 낙엽이 커틀릿의 빨간 울 코트와 무척 잘 어울리지 않나요? 이 사진을 본 누군가는 노란 낙엽이 눈에 먼저 띄었을 테고, 또 다른 누군가에겐 빨간색이 더 도드라져 보이겠죠?

　한국에서는 커틀릿과 같은 색 코트를 입은 고양이를 '노랑둥이'로 부른다고 들었어요. 하지만 내겐 붉은색 코트로 보이는 걸요. 같은 고양이고 같은 빛깔의 털인데도, 문화권에 따라 다른 색으로 인식하는 게 참 흥미로워요.

내가 도와줄게

폴라로이드 사진 스타일로 엽서를 만들어 봤어요. 나는 엽서를 주고받는 걸 정말 좋아해요. 명함 대신 내 사진으로 만든 엽서를 사용하기도 하니까요.

엽서들을 바닥에 펼쳐 놓고 어떤 걸 보낼까 고민하고 있으면, 커틀릿은 항상 엽서 분류를 도와주러 와요. 물론 그 시도는 애써 줄 맞춘 엽서들을 흐트러뜨리는 걸로 끝나버리긴 하지만요.

나의 우주 대스타

커틀릿이 엽서 보내는 걸 도와주는 중이에요. 너석은 자기가 이 작업을 할 때 무척 중요하고 책임 있는 역할을 한다는 걸 잘 알아요. 그래서 대부분의 엽서에 커틀릿이 들어있는 사진을 넣었죠. 나의 자랑스러운 우주 대스타, 커틀릿.

신상 감별사

커틀릿은 새 드레스마다 일일이 다 '시험'해보려고 해요. 너석은 실크 천이 아주 좋은 모양이에요. 사진 촬영을 하려고 새 실크 드레스를 펼치자마자, 즉시 달려와 그 위로 드러눕더라고요. 얼마나 감촉이 좋은지 확인해보려는 것처럼요. 어쩌면 그게 자기를 위한 새 이불이라고 믿는지도 모르죠.

고단함을 달래주는 시폰 드레스

커틀릿은 시폰 드레스도 엄청 좋아해요. 러시아 TV 방송국 스태프들이 하루 종일 우리 집에 머물며 커틀릿에 관한 프로그램을 촬영한 적이 있었어요. 힘든 날이었지요. 하지만 커틀릿은 프로답게 변덕부리지도 않고 끈기 있게 포즈를 취해줬어요.

방송국 스태프들이 떠나고 난 후, 커틀릿은 이 드레스 위로 사뿐사뿐 걸어가 눕더니 기분 좋게 하품을 한 번 하고는 잠들었답니다.

난 고기 손질을 맡을게

"넌 샐러드를 준비해, 나는 고기를 요리할 테니!" 커틀릿이 이렇게 말하는 것 같지 않아요?

커틀릿은 무척 덩치 큰 고양이예요. 하지만 바닥에서 곧장 부엌 식탁 위로 거뜬하게 뛰어오를 수 있죠. 녀석은 부엌에서 결코 아무 것도 가져가지 않아요. 단지 큰 소리로 뭔가 요구할 뿐이지요. 당연한 거지만, 우리는 커틀릿의 건강을 생각해서 좋은 재료로만 골라 녀석에게 주고 있답니다.

설마, 둘만 먹으려고?

사실 커틀릿은 수박을 먹지 않아요. 하지만 멜론은 정말 좋아하지요. 커틀릿은 우리가 무엇을 먹고 무엇을 요리하는지 항상 검사하려고 해요. 이날은 수박 향기가 좋았나 봐요. "지금 나만 쏙 빼고 너희들끼리 맛있는 걸 먹으려고 한 거야?"라고 꾸짖는 듯한 눈빛으로 뚫어져라 쳐다보는 걸 보면 말이에요.

떴다, 비행귀

이 작고 부드러운 갈매기는 커틀릿의 장난감 인형 중 하나예요. 친구들이 커틀릿에게 선물해주었죠.

나는 커틀릿의 귀여운 두 귀 사이에 이 갈매기 인형을 올려놓는 걸 좋아해요. 그러면 두 귀가 마치 뿔처럼 보이거든요. 난 이 귀를 '비행귀'(비행기가 착륙한 모양의 귀)라고 부르고 있죠. 아름답고 부드러운 곡선으로 이어진 모습이 얼마나 멋진지 몰라요.

대개 커틀릿은 놀다가 흥분하거나 거울에 비친 자기 모습을 볼 때면 이런 비행귀를 만들곤 한답니다.

우주비행사의 날을 축하합니다

1961년, 소련은 세계 최초로 인간을 우주로 보냈어요. 그 후로 러시아 사람들은 유리 가가린이 첫 우주비행을 한 날을 기념해 매년 4월 12일을 우주비행사의 날로 축하하고 있죠.

　　모스크바에서 그리 멀지 않은 비행통제센터로 소풍 삼아 몇 차례 찾아갔다가, 여러 명의 러시아 우주비행사와 연락을 주고받는 친구 사이가 됐어요. 그들은 무척 유쾌하고 사교적이어서, 그들의 업무와 관련한 다양하고 재미난 에피소드를 기꺼이 들려주었죠. 사실 인간보다 먼저 우주에 첫발을 디딘 생명체는 개였어요. 인류의 우주 진출은 그 개의 희생에 빚진 거라고 생각해요. 어쨌든 이날을 기념해서, 우주비행사가 된 커틀릿을 상상하며 사진에 헬멧을 그려 넣어 보았어요. 커틀릿도 우주비행사의 날을 진심으로 축하한대요!

우주 고양이의 탄생

우주비행사의 날을 다시 한 번 축하하면서, '작은 가짜 우주비행사'를 사진에 담아보았어요. 수년 전에 우주비행사들이 썼던 이 진짜 헬멧은, 비행통제센터의 우주박물관에서 촬영한 거예요. 하지만 사람을 위해 제작된 거라서 커틀릿에게는 너무 컸죠. 그래서 나는 아주 조심스럽게 헬멧을 커틀릿에게 씌웠어요. 그 결과, 이 멋진 우주 고양이가 탄생했답니다.

올빼미 친구

커틀릿의 친구인 이 올빼미들은 진짜가 아니에요. 실제 올빼미로 착각할 만큼 무척 실감나게 표현한 고급 공예품이어서 가격도 무척 비쌌죠. 매우 전문적인 공정을 거쳐 정교하게 만든 덕분에, 내 인스타그램 팔로워 중 정말 많은 분들이 진짜로 착각하고 이렇게 묻곤 해요. "커틀릿은 올빼미들과 잘 지내고 있나요? 혹시 위험한 상황은 없고요?"

커틀릿은 이 올빼미들을 좋아하지만, 나는 커틀릿이 올빼미를 갖고 노는 걸 거의 허락하지 않는답니다. 섭섭해 해도 어쩔 수 없는 일이죠.

조그마한 '파괴의 신'

커틀릿이 깜짝 놀랐나 봐요. 묘생 처음으로 크리스마스트리를 보았 거든요. 우리는 트리를 장식해도 괜찮을지 좀 고민했어요. 대부분의 고양이들이 트리 위로 올라가 장식품을 떨어뜨리거나 망가뜨리곤 하니까요. 무엇보다 그러다 녀석이 다칠까 싶어, 그 점이 가장 큰 걱 정이었지요.

하지만 커틀릿은 예상보다 품위 있게 행동했어요. 가장 낮은 나 뭇가지에 걸린 장난감만 집중 공략하더라고요. 이 조그만 '파괴의 신'이 한바탕 휩쓸고 간 다음, 트리 아래쪽에 매달았던 장난감과 장 식들을 모두 치워야 했지만요.

크리스마스트리는 처음이지?

이 사진은 거실에서 크리스마스트리 장식을 하던 중에 찍었어요. 커틀릿은 생전처음 본 크리스마스트리와 장식용 꼬마전구, 트리에 매다는 장식품을 보면서 흥분했어요. 하지만 그 물건들에 어떻게 반응하면 좋을지 모르는 눈치더라고요. 조심스럽게 냄새를 맡고 안전거리를 유지하면서 혹시 모를 위험신호에 대비해 언제든지 숨을 준비를 하는데 어찌나 귀엽던지.

다행히, 예전에 여러 번 촬영하면서 조금은 익숙해진 꼬마전구 조명이 커틀릿에게 자신감을 불어넣었나 봐요. 그새 앉아서 우리가 크리스마스트리를 장식하는 걸 느긋하게 구경하고 있더라니까요.

사슴 가면을 쓴 커틀릿

이 작은 사슴 가면은 커틀릿에게 마치 맞춤 정장처럼 딱 맞아서, 쓰고 있는 동안 불편한 기색이 전혀 없었어요. 게다가 금속처럼 보이지만 종이로 만든 거라서 무척 가볍고요.

하지만 사슴 가면을 쓰기만 하면 커틀릿이 신이 나서 사슴 뿔로 가구들을 마구 들이받는 바람에, 재빨리 가면을 벗겨줘야 한답니다.

왕의 발에 입맞추거라

커틀릿은 익살스럽게 보일 때가 많아요. 하지만 때때로 누구든 부러워할 왕족처럼 어마어마한 포즈를 취하곤 하죠. 이 '군주다운 위대함'은 커틀릿이 태어나기 전에, 고양이 전람회에서 만난 그의 형에게서도 이미 느낀 적이 있어요.

위엄 넘치는 커틀릿의 포즈를 볼 때마다, 난 무의식적으로 그 앞에 무릎 꿇고 '주인님'의 명령을 주의 깊게 듣곤 해요. 고양이가 세상을 지배하는 존재라는 게 확실해지는 순간이죠.

모스크바에 온 걸 환영합니다

이 사진은 모스크바와 파리에서 촬영할 때 협력 파트너였던 친구들, 무라드와 나탈리 오스만의 프로젝트를 패러디한 거예요. 그들의 트레이드마크가 된 '손잡은 연인' 포즈를 찍기 위해 커틀릿과 난 열 번도 넘게 시도해야 했죠. 커틀릿은 '왕족'인 자신에게 무례한 요구를 한다 여겼는지 화를 냈어요. 하지만 여러 번의 실패 끝에 이 사랑스러운 장면을 찍을 수 있었지요.

이 사진을 통해서 많은 사람들이 아름다운 도시 모스크바로 찾아오기를, 멋지게 장식한 센트럴 거리를 한가로이 거닐며 잘 보존된 공원과 광장, 다양한 박물관과 기념비적인 건축물을 방문해 보길 바랍니다. 운이 좋다면, 어느 거리에서 커틀릿과 함께 있는 우리를 만날지도 모르죠. 모스크바에 온 걸 환영합니다!

에필로그

에필로그로, 내 나라 러시아의 역사 속에서 고양이들이 어떤 역할을 했는지 들려주고 싶어요. 고대 사람들은 특정한 목적을 위해 야생동물을 길들였어요. 이때 고양이가 맡은 역할은 설치류와 싸우는 것이었지요. 고양이는 쥐로부터 식량을 보호하며 지금까지 러시아의 수많은 마을들을 묵묵히 지켜왔어요.

러시아의 고양이 품종 중에 '시베리아 고양이'가 있어요. 시베리아의 혹독한 눈과 서리에 익숙하고, 큰 골격에 근육질의 몸과 힘 있어 보이는 체형을 가졌지만 매우 푹신푹신한 고양이지요.

제2차 세계대전 중에 폭격으로 많은 동물들이 죽었어요. 일부는 야생동물이 되었고, 일부는 달아났죠. 종전 후 러시아에서도 특히 유럽과 맞닿은 도시들은 이미 황폐해질 대로 황폐해져서 굶주림과 비위생적인 상황이 만연했어요. 쥐의 침입이 시작되면서, 변변치 않던 식량 공급은 회복 불능 상태가 되었고 전염병이 번져갔지요.

이때 정부의 지침에 따라, 시베리아 고양이 수만 마리가 기차에 실려 갔어요. 그 고양이들을 데려가 폐허가 된 도시에서 쥐와 싸우게 하기 위해서였지요. 이 시베리아 고양이들은 이후 수많은 러시아 동포들의 생명을 구했다고 해요.

가장 큰 보육원이 있었던 시베리아의 도시 튜멘에는 현재 시베리아 고양이를 기리는 기념비가 있어요. 그리고 상트페테르부르크의 에르미타주 박물관에는 쥐로부터 귀중한 예술품들을 보호하는 약 50마리의 고양이들이 공식적으로 살고 있답니다.

러시아 사람들은 고양이를 사랑하고 존중합니다.

Epilogue

For my Epilogue, I want to tell you a little about the role of cats in the history of my country. People tamed wild animals for a specific purpose in ancient times. The function of cats was to fight rodents, and cats have performed this function faithfully in Russian villages until now, protecting food supplies from rats and mice.

There is a Russian breed of cat- the Siberian cat. These are large, very fluffy cats, familiar with Siberian frosts.

During the Second World War, many domestic animals were killed during the bombing. Some were wild and fled. Hunger and unsanitary conditions prevailed in the ruined cities of the European part of Russia after the end of the war, and so the invasion of rats began, carrying disease and destroying the meager food supplies.

To fight the rats, according to government decree, tens of

thousands of cats were brought in trains from Siberia, where there was no military action, to the destroyed cities. These cats saved the lives of many of my compatriots in the post-war years.

Now, in the Siberian city of Tyumen, where there were the largest cat nurseries, there is a monument to Siberian cats. And in the famous museum The Hermitage, in St. Petersburg, 50 cats operate officially, protecting priceless works of art from mice.

Russia loves and respects cats.

찾아보기

44
카파도키아, 영감이 샘솟는 땅

48
온 세상이 너를 환영해

50
스타 탄생

52
코가 닮았네

54
우리의 티타임

56
리본의 유혹

58
나도 데려가라냥

60
막간을 이용한 놀이

62
커틀릿 버거 출시!

64
부엌 정리는 안 도와줘도 돼

66
고양이 파파라치

68
게으른 숨바꼭질

70
올빼미는 내 친구

72
커틀릿을 위한 선물

74
꽃길만 걸어요

76
우연이 만들어준 작품

80
꼬마 운전사

82
솜털처럼 포근한 행복

84
핼러윈 유령과 고양이

86
디스코 볼 속 토끼들을 잡아라

88
고귀한 '고양이 사슴'

90
고양이 몸의 신비

92
새 집이 또 생겼군!

94
진정한 모델

96
관심

98
욕실은 신나는 놀이터

100
그림 보는 고양이

102
아홉 개의 목숨을 가진 고양이

104
네가 어렸을 때

106
커틀릿의 전용 의자1

108
커틀릿의 전용 의자2

110
무엇에 쓰는 물건이냥?

112
가장 높은 캣타워

114
너를 위해 비워둔 자리

116
고양이 텐트

118
토토로가 되어줄래?

120
낭만적인 동반자

122
종이접기 할래요?

124
나도 "도왔어요"

126
체셔 고양이처럼

128
비눗방울은 싫어

130
준비됐어, 얼른 찍어

132
이 풍선은 모두 내 거야

134
마카롱 비가 내려와

136
싸우자, 풍선아

138
모자 하나로 패션모델

140
내 인내심의 한계는

142
선글라스를 쓴 것만으로도

144
무섭지 않아

146
누구 눈일까?

148
사탕은 안 돼

150
꽃 고양이

152
사진가인지, 캣 시터인지

154
남자의 취미

156
커틀릿, 날다

158
커틀릿 촬영을 위한 5단계

160
노란 코트? 빨간 코트?

162
내가 도와줄게

164
나의 우주 대스타

166
신상 감별사

168
고단함을 달래주는 시폰 드레스

170
난 고기 손질을 맡을게

172
설마, 둘만 먹으려고?

174
떴다, 비행귀

176
우주비행사의 날을 축하합니다

178
우주 고양이의 탄생

180
올빼미 친구

182
조그마한 '파괴의 신'

184
크리스마스트리는 처음이지?

186
사슴 가면을 쓴 커틀릿

188
왕의 발에 입맞추거라

190
모스크바에 온 걸 환영합니다

옮긴이 김은영
에이전트 마타하리(agentmatahari.com) 대표 겸 크리에이티브 디렉터.
크리스티나 마키바와의 인연을 시작으로, 국내외 예술가들의 에이전트로
활동 중이다. 듬직하고 속 깊은 열다섯 살 어르신 고양이 크림,
열두 살 나이에도 여전히 애교 많은 고양이 휴고를 모시며 산다.
'고양이는 사랑이자 진리'라는 걸 굳게 믿고 있다.

고양이, 내 삶의 마법
Cat, The Magic of My Life

ⓒ 2019. Kristina Makeeva

초판 1쇄 인쇄 2019년 10월 21일
초판 1쇄 발행 2019년 10월 28일

지은이 크리스티나 마키바 │ 옮긴이 김은영 │ 펴낸이 고경원 │ 편집 고경원
디자인 엘리펀트스페이스 │ 펴낸곳 야옹서가 │ 출판등록 2017년 4월 3일(제2019-000070호)
주소 (03086)서울시 종로구 대학로 116, 공공일호 4층 │ 전화 070-4113-0909
팩스 02-6003-0295 │ 이메일 catstory.kr@gmail.com

이 도서의 국립중앙도서관 출판예정도서목록(CIP)은 서지정보유통지원시스템
홈페이지(http://seoji.nl.go.kr)와 국가자료공동목록시스템(http://www.nl.go.kr)에서
이용할 수 있습니다. (CIP제어번호: CIP2019030951)
ISBN 979-11-961744-5-3 03890